겨울밤 토끼 걱정

유희경

겨울밤 토끼 걱정

유희경

PIN

048

차례

I

II

PIN

048

겨울밤 토끼 걱정

유희경

시

I

이야기—원형

할머니는 타래에서 실을 뽑으며 노래를 부르곤 하셨다. 나는 그 노래를 기억해본다. 그러면 할머니는 지긋이 바라보고. 이쪽에서 저쪽으로 넘어가는 실. 슬슬 풀려가는 실. 친친 감기는 실. 무언가 허술해졌고 그만큼 불룩해지고 할머니의 노래는 끝이 나지 않을 것 같다. 이쪽에서 저쪽으로 그저 옮겨갈 뿐. 그 얇고 가는 사이. 아가. 할머니의 목소리를 들은 것만 같다. 나는 벌떡 일어나서 주위를 둘러본다. 창밖에는 늙은 나무가 있고 그것은 아슬하게 서 있다. 가을이 되면 저 위태로운 각도의 잎들을 모두 벗고 중심의 방향을 드러낼 것이다. 그때쯤. 그렇구나. 할머니의 목소리를 들은 것만 같다. 그런 노래였나. 그랬구나. 머리를 만져주는.

이야기—겨울밤 토끼 걱정

그 순간 나는 창밖을 보았습니다 흔하디흔한, 차라리 어두운 쪽에 가까워서 누군가를 깜짝 놀래키는 용도에 걸맞을 가로등 아래 작고 하얀 물체가 있습니다 나는 그것이 토끼라고 생각했습니다 그것은 토끼였고 점점 토끼였고 귀가 길고 눈은 빨갛고 깡충깡충 뛰어다니는, 토끼인 것이 분명해졌습니다 도심의 가로등 아래 토끼라니 나는 그만 흥분하여 여러분 토끼입니다 저기 토끼가 있어요 외쳤지요 그러나 주위에는 아무도 없고 토끼는 꼼짝도 하지 않았습니다 토끼로부터 눈을 떼지 못한 채 점차 나는 의심하게 되었습니다 긴 귀를 감추려 들거나 빨간 눈을 깜빡이거나 깡충깡충 뛰어 어딘가로 사라지지 않는 토끼는 하얀 조약돌이나 버려진 빵 봉투가 아닐까 귀가 길고 눈이 빨간 하얀 조약돌 깡충깡충 뛰어 사라지는 빵 봉투 하얀 조약돌의 눈과 빵 봉투의 귀를 가진 토끼의 형식은 가로등 아래 꼼짝도 하지 않고 대신 저것은 토끼가 아니지 않은가 토끼일 수 없지 않은가 나는 불신으로 가득 차서는 마침내 저것은 토끼가 아닙니다 저것은 토끼가 아니에요 하지만 주위에는 아무도 없고 창밖은 짙어가는 어둠 토끼와 토끼가 아닌 것 사이에서 나는 고통스러워 더 이상 창밖을 보지 않으리라 다짐까지 했는데 다시 혹한의 겨울밤이 되면 마른 바람이 찾아와 창문이 덜컹이고 뼛속까지 시려 잠이 들지 못하는 그런 밤이 찾아오면 나는 어쩔 수 없이 토끼를 걱정하게 됩니다 너무 추운 것은 아닐까 토끼는 무사한 것일까 슬그머니 창밖을 내다보고 싶어지는 것입니다

이야기―겨울의 모자

모자는 젖어 있다 사내는 모자를 책상 위에 올려 둔다 젖은 모자는 불길하다 모자는 사내의 것이 아니다 날갯죽지에 부리를 묻고 떠는 겨울밤 비둘기처럼 모자는 주인을 잃었다 가엾게도 창밖으로 쏟아지는 눈 모자를 쓴 모자의 주인은 눈을 맞으며 이곳으로 온 것이 분명하다 모자를 잃어버린 모자의 주인은 어디로 갔을까 사내는 창가에 몸을 기대고 창밖을 본다 거리에는 이마를 내놓고 오가는 사람들 눈을 맞으며 그들은 자신들의 모자를 찾아 되돌아가는 중이라고 사내는 생각해본다 모자는 바랄 것이다 어둠 속에서 초인종이 울리기를 문밖 어깨에 눈 쌓인 모자의 주인이 멋쩍은 웃음을 흘리며 서 있기를 멀리서 누가 눈을 치운다 삽이 바닥을 긁는 소리 삽이 돌부리에 걸려 덜컥 멈추는 소리 그러나 초인종은 울리지 않고 모자의 젖음은 말라가고 있

다 사내는 망설이다가 덜 마른 모자를 집어든다 그
것이 머리에 꼭 맞을 것만 같고 사내는 모자의 주인
을 찾은 것 같아 불안하다 모자의 주인이 밝혀지면
어둠 속에서 밝혀지고 만다면 사내는 어떻게 해야
하는 것일까

　여전히 그치지 않는 창밖의 눈 거리에는 이제 사
람들이 보이지 않는다 그들은 각자의 모자를 찾아
행복할까 행복할 수 있을까

이야기—벽돌이 많은 커피숍

　벽돌이 많은 커피숍에서 커피를 한 잔 시키고 나에게는 문제가 많군 무거운 가방 기다리게 하는 당신 문제가 많은 나는 바에 앉아 있다 비가 오는 것 같아 뒤를 돌아보면 비는 없고 빈 벽에 기대어 담배를 피우고 있는 여자아이가 보인다 나와 여자아이는 몇 번인가 눈이 마주쳤다 나는 할 말이 없다 그저 돌아앉아 커피숍의 벽돌을 센다 벽돌은 늘 너무 많다 그렇지 조금의 벽돌은 쓸모없지 쓸모 있는 벽돌 한 개 따위 본 적이 없어 마침 커피가 나왔고 나는 한 번 더 뒤를 돌아본다 빈 벽 여자아이는 보이지 않는다 우리는 한 번쯤 더 마주쳐도 괜찮지 않을까 비는 내리지 않는다 바에 앉아 나는 해결되지 않는 문제들을 내버려두고 커피를 마신다 당신은 오지 않고 가방은 벽돌이 든 것처럼 무겁고 나는 가방에서 벽돌의 무게를 꺼내놓고 싶다 그러면 정말 가

방엔 벽돌이 있는 것 같고 벽돌 하나만큼 기울어질
커피숍과 기울인 커피 잔의 애틋한 사이 미련 없이
차가운 겨울바람이 불어 지나갔다

이야기―너는 단지 네 불행만을 알 뿐이다.[*]

　그 굴의 입구에서 불쑥 튀어나온 얼굴은 낯이 익
다 우리 만난 적이 있나요 얼굴은 대답하지 않는다
해 쪽을 향한 얼굴은 부드럽게 타오르고 있으며 나
는 감탄한다 얼굴이 말한다 알려줄 게 있어 무너질
거야 무너진다니 무엇이 말이죠 얼굴은 대답하지
않는다 하품은 깊고 외롭다 굴처럼 나는 궁금하다
미안하지만, 얼굴이 부탁한다 코밑을 좀 긁어주지
않을래 너무 간지러운데 입구가 좁아서 꼭 끼어버
렸지 뭐야 그러니 거절할 수가 없다 코밑이 간지러
운 것은 참을 수 없는 일이니까 나는 부드럽게 타오
르고 있는 얼굴의 코밑을 긁어준다 얼굴의 피부는
차갑고 말랑말랑하다 고마워 나는 얼굴에게 묻는다
그런데 우리 언제 만났었지요 얼굴은 대답하지 않
는다 재채기는 몸을 잃고 텅 비어 있다 곧 무너지게
될까요 굴속처럼 나도 얼굴도 이제 할 말이 없다 무

너지고 말 텐데 우리는 붉게 타오르며 돋는 것인지
지는 것인지 알 수 없는 붉은 해를 구경하고 있다
체념한 이들답게 나란히

* 프란츠 카프카, 『카프카의 아포리즘』, 편영수 엮고 옮김, 문학과지성
  사, 2021, 14쪽.

이야기―금

조금 더 걸었을 때 나는 멀어졌고 당신은 소리를 들었을 것이다 멀리서 가까이 가까이서 멀리 소리는 날아가버리지 소리는 듣고 있는 쪽에서 듣게 될 쪽을 지나 들리지 않게 되는 쪽으로 결국 놓쳐버리는 모양으로 내가 고개를 기울였을 거라고 짐작했을 것이다 당신은 조금 더 걸어가 늘 구부러진 길을 따라 긴 담이 이어져 있고 오래된 나무들과 말라버린 나무들과 일부를 지우고 일부만 남은 검은 나무들이 열 지어 있는 회색빛의 구간에 닿았을 것이다 내가 그랬듯 그런데 어디지 여기는 어딜까 그럴 때쯤 만나게 된 긴 금 구부러진 길의 회색 담을 따라 열 지어 자라난 나무 아래로 그어진 금 나타난 쪽에서 사라질 쪽으로 지나온 길과 지나갈 길로 이어지다가 멈추어버리는 금 그 끝에 댄 당신의 손가락 그것은 숨은 것이며 감추어진 것이며 도무지 지워질

수 없는 마음에 대해 당신이 알고 있을 거라는 생각
은 나를 견딜 수 없게 만든다 이제 더 걸어갈 필요
가 없어 길은 길을 잃었다 결국 돌아오는 것은 몸을
잃은 기억일 뿐

이야기—피를로에 대하여

나는 그것을 피를로, 하고 불렀다 그것은 대답하지 않았는데 당연하지 그림자였으니까 처음에는 얼룩인 줄 알았다 누군가 흘린 음료 몇 방울 그것이 만들어놓은 가늘고 긴 자국 하지만 그것은 그림자였다 너무 가벼워서 불면 날아갈 듯 보이기도 했었다 하지만 피를로, 나는 지금 걸레질 중이야 잠시 자리를 비켜주지 않겠어 책장 위 먼지가 참 뽀얗다 귀여워 창문을 닫아두었는데도 이것들은 어디서 오는 것일까 피를로는 대답하지 않는다 당연하지 그림자에겐 입도 발도 없고 피를로는 자리를 비켜주지 않는다 다만 어떤 먼지는 반짝이고 누군가는 그런 일에 마음을 빼앗기기도 하지 이따금 목숨을 잃는 일도 벌어지지만 상상만으로도 잔혹한 일이야 그런 일은 떠올리지 말자 피를로 그래 놓고선 나는 속으로 먼 나라의 전쟁을 생각한다 거기에도 있을 먼지

와 다양한 피를로에 대해서도 그러곤 무참할 만큼
이나 얼굴이 빨개지는 것이다 이것은 위반이야 거
짓이고 부끄러운 일이지 그러나 나는 고작 걸레를
들고서 피를로, 정말 이렇게 고집을 부릴 일인지 생
각해보렴 짐짓 화를 내어보는 것이다 어떤 긴장 어
떤 대치 먼 나라의 전장에서 꼴깍 넘어가는 숨만큼
기기묘묘한 시간이 슬금슬금 창틀을 벗어나버리고
나는 모든 흥미를 잃어버렸지 피를로 그리고 먼지
에 대해서도 그리하여 책상에 앉아서 대답 없는 것
들은 시시해, 하고 중얼거렸다 마침내

이야기—우리 모두 우리가 가진 특별한 모습의 희생자다[*]

그는 책상이 되었고 비가 내리기 시작했다. 그는 빗소리에 귀를 기울였다. 그럴 수밖에. 세상에서 빗소리를 가장 열심히 듣는 존재는 책상이며 책상이 할 줄 아는 것은 그뿐이다. 그는 책상이 되었다 아침에 평일 아침에 비가 내리는 평일 아침에 출근을 해야 하는 비가 내리는 평일 아침에 그는 책상이 되었다. 차라리 우산이 되었다면, 따위의 푸념과 가정은 책상의 일이 아니다. 그는 그저 책상이나 되어 빗소리나 듣는 것이다. 그런 아침 빗소리는 왜 그렇게 선명한 것인지. 그는 빗소리를 다 셀 수 있겠다고 생각했다. 책상이 되어서. 생각만이 아니라 실제로 세기도 했는데 딱히 다른 할 일이 없었기 때문이다. 그는, 그를 이제 책상이라 불러야 할까, 걱정하기 시작한다. 출근에 대해 상사의 꾸지람에 대해 저녁에 잡힌 피치 못할 약속에 대해서도. 전화를 할 수 없으니 편지라도 써보는 게 어떨까. 하지만 그는 종이도 볼펜도 놓여 있지 않은, 갑작스레 책상이 되어버린 빈 책상. 운명은 그런 것이다. 그러니 그는 그저 책상으로 놓여 있고 비가 그쳐간다. 이 비가 그치면 봄이 오겠지. 눈을 감아도 아른거릴 봄볕이란 참 성가실 것이다. 책상이 된 입장에서 그는, 오늘 아침에야 책상이 되었지만, 알 수 있었다.

* 나의 노트에 따르면 이 문장은, 아우구스트 잔더의 사진을 본 다이앤 아버스가 마빈 이스라엘에게 보낸 편지에 담겨 있다.

이야기—차선 긋는 사람들

내가 없어도 된다 미래는

차선 긋는 사람들에게

배웠지 지금처럼 미래는

작은 집에서 큰 집을 상상하고

끼니를 때우고 빨래를 개고

저녁이 오면 몰래 슬퍼하면서

긴 밤이 오길 기다리듯

그래도 된다 미래는

어쩜 저리 반듯하게

선을 그을 수 있을까 나는

부럽다 요란하게

도로 위에 선을 긋는

사람들이 그들의 점거와

그 뒤로 밀려 있는 차량들이

미래는 아니고 그보다

착각에 가깝지 않나 미래는
새로 덧칠한 오래된 선이나
밀려 있는 차량의 운전자들
멀거니 내다보는 차창 밖 노을이
미래에 더 가깝지 않은가 그러니
내가 없어도 된다 미래는
몸을 씻고 잠옷으로 갈아입거나
주린 배를 견디며 침대에 누워보듯
내가 없어도 된다 미래는
하루를 거의 다 보냈다
차선 긋기는 곧 끝날 것이다

이야기—水紋

이야기는 손을 씻는다
비치는 순간 흩어지려다 맺히려다
그러는 순간 서늘하게 번지는
손은 사실의 끝
끝에서 시작한다 자 이제

깨끗해지려 할 때의 손은
휘어지고 구부러지며 부유한다
물속 생명의 모양으로
잠기는 것은 헐벗은 것이며

그렇게 말해도 되나
만진 것과 만지려 했던 것
사이 휘감으려 드는
사이 바닥으로 내려가는

사이 비릿해지는 마음이 있어

이야기는 숨을 참는 것이다
손목 없이 떠내려가는 기분이거나
손목 아래 고정되는 기억이거나
사실은 미끄러질 뿐이다 이야기는

손을 씻는다
그렇게 시작한다 이야기는
사실의 끝이고
끝에서 시작하니까

그러기로 하자
처음 보는 둥근 무늬가 생겼다 지워져갔다

이야기—조용히, 심지어 아름답게 무성해
지고 있다는 것이다.*

그해 여름엔 놀라운 일들이 참 많았다 그중에서
도 딱따구리와 함께 보낸 장마를 잊을 수 없다 빨
간 머리의 딱따구리는, 적어도 내 방에서만큼은 아
무 짓도 하지 않았다 책장에 구멍을 내거나 구멍을
내는 소리로 나를 깨우지도 않았다 나는 더러 그가
딱따구리가 아닐지도 모른다는 의심을 했다 하지만
그는 너무나 딱따구리였다 시내 큰 서점에 가서 사
온 커다랗고 값비싼 조류도감에도 한 치 다를 바 없
는 그의 모습이 세밀하게 그려져 있었으니까 딱따
구리가 때론 포유류의 머리를 공격해 뇌를 파먹기
도 한다는 경고를 그 책에서 읽었다 아닌 게 아니라
그가 머무는 동안 나는 희미하고 끈질긴 두통에 시
달렸다 그럴 때마다 머리의 이쪽저쪽을 만져보면서
딱따구리 때문이야 그렇고말고 중얼거리기도 했던
것을 이제는 후회한다 내 방에서처럼 나에게도 딱

따구리는 아무 짓도 하지 않은 그 여름, 내게 찾아
온 것은 그저 두통만은 아니었다 어떤 기억들이 끈
질기게 희미해지다가 사라져버리기도 했던 것이다
나는 그 기억들을 영영 잃어버렸음을 직감했고 그
사실을 슬퍼해야 하는지 기뻐해야 하는지 알 수 없
어 혼란스러웠다 딱따구리 네가 그런 거지 이 크고
작은 구멍들에 대해 설명해봐 딱따구리는 대답하지
않았고 나는 주먹으로 책상 위를 내리쳤다 아무것
도 망가지지 않았지만 그 커다란 소리는 아주 멀리
까지 들렸을 것이다 창밖에는 가만한 비가 내리고
있었다 그제야 나는 그의 강인한 부리와 단단한 발
톱을 보았고 조금 겁에 질렸던 것 같다 방문을 소리
내어 닫은 그날 밤 나는 무언가 두드리는 듯한 괴롭
히는 것도 같은 느낌에 잠을 이루지 못했다 이제 와
생각해보면 그것은 참으로 슬픈 소리 마침내 떠나

갈 때 떠나가는 것이 내는 기척 비가 그쳐가고 있었다 부옇게 밝아오는 창밖을 보며 나는 장마가 끝났다는 것을, 다시는 딱따구리를 볼 수 없다는 사실도 알 수 있었다 조용히, 무성해져가던 여름에 있었던 일이다 많은 것을 잊었지만 딱따구리와 함께 보낸 장마는 잊히지 않는다 어떻게 잊을 수 있겠는가

* 마크 스트랜드, 『빈방의 빛』, 박상미 옮김, 한길사, 2016, 92쪽.

이야기—삼월 밤

다들 여름으로 걸어갈 때
나는 자신이 없어서
쪼그려 앉아
홑 장 그림자를
수 겹이나 된다는 듯
세고 또 세고

가벼운 것 다 떨어질 때쯤엔
남은 것이 없겠지

이야기—사월 사 일

때가 되면
화분 속 식물들은 비 쪽으로 기울어집니다.
안이고 밖이고 할 것 없이 일제히.
나는 왼쪽 귀를 만져봅니다.

이야기―손바닥만 한 사진 한 장

늘 그렇듯 바에 앉은 두 사람 술잔 사이로 나무가 자란다 뿌리가 있고 가지가 있고 그런 나무에서 오늘은 꽃이 진다 난분분한 연분홍 꽃비 그중 하나가 술잔 위로 떨어진다 히치는 그것을 건져 테이블 위에 붙여둔다

건너편 자리에 앉은 사람은 자신을 대니얼이라고 소개한다 오, 대니얼 잭은 어디에 두고 온 거야 붐의 농담에 쥐포를 굽던 술집 주인은 웃음을 터뜨린다 대니얼은 파란 나라에서 왔어 꿈과 희망이 있는 멋진 곳이지

건배할까요 가지를 피해 잔을 집어든 히치는 나무 그늘에 가려 보이지 않는다 이제 그만 베어내는 게 어떨까요 술집 주인은 불평한다. 붐은 주먹으로

테이블을 내리치고 그러지 마요 히치의 목소리가
타이른다

　붙여둔 꽃잎이 말라간다 나무는 봄을 지나 여름
으로 간다 우거진 밤이 짧아지고 있다 히치와 붐은
아랑곳하지 않는다 어차피 술집 문을 열고 들어올
사람은 없다 대니얼 같은 얼치기 관광객이 아니라면

　대니얼이 말한다 나는 얼치기가 아니에요 나는
관광을 하러 온 게 아니에요 나는 사람을 찾고 있어
요 대니얼은 바지 뒷주머니에서 사진을 꺼낸다 손
바닥만 한 사진 속에는 웃고 있는 사람이 있다

　붐은 빈 잔에 술을 따르고 술집 주인은 잘 구워
진 쥐포를 자르고 나무의 잎사귀들은 중구난방 흔

들리고 히치는 보이지 않는다 그를 찾는 이유가 뭐
죠 히치의 목소리가 늙은 가지처럼 갈라진다

　사랑하니까 붐이 대답한다 사랑하지 않는다면
찾을 이유가 없잖아 맞지 대니얼 하지만 대니얼은
생각하고 있다 창문 닫기를 잊고 외출한 사람처럼
나무의 짙은 그늘로부터 히치의 손이 드러난다 다
람쥐같이 히치의 손은 잘린 쥐포 조각을 집어 들고
나무 그늘 속으로 사라진다

　나는 대답을 듣고 싶어요 그다음은 나는 잘 모르
겠어요 나는 그를 죽이게 될까요 나는 두려워요 대니
얼은 양손에 얼굴을 묻는다 걱정하지 마 우리가 증언
해주지 사랑해서 벌어진 일이라고 붐이 위로한다 가
을 나무로부터 빨간 낙엽이 떨어지고 언뜻 히치의

얼굴이 보인다 그는 쥐포를 씹고 있다

　마침내 눈이 내린다 눈 덮인 나무는 검은 정맥처럼 도드라져 말라가고 술집 주인은 히치와 붐이 버려두고 떠난 술잔을 거두어 주방으로 들어간다 대니얼은 보이지 않는다 대니얼은 어디로 갔지 어디로 갔을까 눈 위에 찍힌 발자국처럼 천천히 멀어져가고 있는 것일까

　그리고 이제 문을 닫을 시간 술집 주인은 문을 잠근다 술집 앞 거리는 유령처럼 떠도는 것들로 가득하다 왼쪽과 오른쪽의 사이 술집 주인은 결심한 듯 코트 깃을 세운다 그가 보이지 않을 때까지 지켜보는 것은 히치도 붐도 아니다 대니얼도 나무도 아니다

이야기—지독하게 추웠던 어느 밤

나는 안을 들여다보고 있다. 누가 어깨를 툭 치고 무슨 일이냐 물어보면 그러면 나는 저기 사람이 있어요 대답하려고. 거기 아무도 없고 식어버린 난로뿐이며 잘못 본 것 같군요 순순히 시인하게 되더라도. 나는 들여다보기를 그만두지 못한다.

입김이 날리고 근처 까치 떼가 성급히 울고 있을 때 나는 여전히 안을 들여다보면서 저기 사람이 춤을 추고 있어요 까치 떼 짖을 때마다 조금씩 조금씩 어두워지고 그러나 가늘게 눈 뜨면 아직도 쓸쓸한 내부 아무도 없이 싸늘히 식은 난로. 나는 난로에 불이 붙기를 따뜻해진 안에서 사람이 춤을 추게 되기를 바라는 것일지도

그러나 그런 일은 일어나지 않는다. 누구도 나의

어깨를 툭 치지 않았으므로 내게 무슨 일이냐 묻지 않았으므로. 까치 떼 딱딱한 울음소리마저 어두워지고 입김조차 보이지 않을 때. 누가 문을 여는 것 같군. 식어버린 난로에 불을 지피고 있어. 그리고 겨울밤 간절함은 사람의 춤과 같은 신비를 만들기도 하는 것이다.

토끼와 고슴도치—이야기

　베레모를 쓴 토끼와 중절모를 쓴 고슴도치가 나란히 걷는다 너는, 꼭 우리 같지 않아요, 하고 묻는다 나는 내가 베레모를 쓴 토끼라고 생각했고 그러면 네가 중절모를 쓴 고슴도치로구나 짐작했는데 얼마 지나지 않아 네가 베레모를 쓴 토끼고 내가 중절모를 쓴 고슴도치인 걸까 의심하게 되었다 토끼는 빠르고 고슴도치는 따끔하니까 토끼는 풀을 먹고 고슴도치는 딱정벌레를 먹으니까 토끼는 눈이 빨갛고 고슴도치는 눈이 나쁘니까 베레모는 대대하고 중절모는 정중하니까 토끼는 내가 되었다가 네가 되고 다시 내가 되었다가 고슴도치는 숨을 쉴 때 동그랗지 나는 베레모를 쓴 토끼와 중절모를 쓴 고슴도치가 그려진 손수건을 반듯하게 개어보려고 애를 쓸 뿐이다 베레모를 쓴 토끼가 든 보따리에는 선물이 들었을 거라고 믿으며 그 선물은 네 것이고 내

것이고 고슴도치는 새침하게 눈을 감고 걷는다 위험하게 위험하다 주의를 주고 싶은데 주의를 들은 마음이 된다면 마음의 경계는 어디쯤 긋는 것이 적당한 것일까 끝을 집고 접어도 반듯해지지 않는 것이 있다 베레모를 쓴 토끼와 중절모를 쓴 고슴도치가 그려진 손수건을 내려놓으면서 너를 본다 너는 보고 있다 그리하여 우리는 걸어가고 있다 어디쯤인지 어디까지인지, 그런 것은 미처 생각해볼 겨를이 없었다 해야 할 것이다 이야기—떨어진 것은 동전이다 그것은 좁은 소리를 따라 굴러갔으며 동그랗고 부드럽게 흔들리다가 마침내 멈추었다

그의 연구는 동전의 앞 또는 동전의 뒤 그는 어디에서나 동전을 던졌으며 그가 있는 곳에선 동전 떨어지는 소리가 그치지 않았다 행 불행 기쁨 슬픔 기억 망각 삶 죽음 모든 일의 순서는 불현듯 찾아와 이어지지 않았다 그는 그 사실을 기록했다 알고 싶었다 그러나 세상 모든 연구는 같은 중얼거림에 도착하게 되지 않던가 안다는 것은 무엇일까 미래의 침묵 가능성의 보류 뜻밖의 이해 마침내 그는 동전의 결정을 배반하기로 했다 지쳤기 때문이다 어두운 방에서 그는 생애의 마지막 동전을 던진다 세계가 회전하는 동안, 이를테면 이런 것이다 행 죽음 기쁨 망각 불행 기쁨 삶 슬픔 뒤섞이는 대립항의 뿌리 그런 선택은 결론을 유보한다 이 어두운 방에서는 동전이 보이지 않기 때문이다 그는 동전을 찾아 구석구석 더 깊은 어둠 쪽으로 기어들어 간다

집주인이 열쇠로 문을 열었을 때 방에는 아무도 없었다 그의 세간은 밀린 월세가 되었다 마지막 남은 가구까지 들어내었을 때 바닥에 있던 동전은 짐꾼의 몫이 되었다

II

이야기—사월 만월

낮부터 안락의자에 앉아 있는 저것은 귀가 분명하다. 눈도 코도 없고 엄밀하게 따지면 귀도 없이 그저 앉아 있을 뿐이다. 안락의자에. 저것은, 저 귀는 지금 유리상자 안에 든 유물처럼 고요하다. 고요한 귀를 보면 속삭이고 싶어지지. 누구든. 어떤 말이라도. 꾸며낸 사랑의 맹세라도. *너는 누구의 귀일까. 어디서 온 거니. 언제부터 여기에 앉아 있었던 거야.* 그러나 귀의 대답을 기대하는 것은 아니겠지. 지금 안락의자에 앉아 있는 저 귀를 손 뻗어 만지고자 한다면 만질 수도 있을 것이다. 만지는 것뿐 아니라, 잡아당기거나 슬쩍 꼬집어보는 것도 가능하겠지. 나는 그렇게 하지 않는다. 귀를 만지는 것은, 그것이 설령 나의 귀라 해도, 나의 귀라 할 수 있는 것이 있다면 말이지만, 무례한 일이다. 만국공통어처럼 일관된 예의란 없더라도 귀를 만지는 것은 무례한 일이라는 것을 나는 단언할 수가 있다. 그러니 나는 귀를 보고만 있다. 슬플 만큼이나 어쩔 수 없이. 안락의자에 앉아 있는 귀는 평온해 보인다. 창문으로 비껴드는 사월 만월 빛에 젖어서. 귀는 소리 없는 꿈을 꾸고 있는지도 모른다. 나는 가만히 방의 불을 끄고 문을 닫으려 한다. 누가 나를 부른 것도 같지만, 귀는 아닐 것이다. 귀는 듣는다. 귀는 말하지 않는다.

이야기—확장

그림자 사람은 그림자를 가지려고 눈이 내린 숲에 숲속 작은 굴에 빨간 눈 하얀 토끼처럼 들어갑니다 깊이 더 깊이

끝에 닿은 것은 끝이 될 수 있지요 그러니 들어갑니다 깊이 더 깊이 춥지 않나요 눈이 내린 숲 숲속 작은 굴

빨간 눈 하얀 토끼처럼 들어가는 중입니다 시계의 반대 방향으로 잠그는 형식으로 그것은 그림자를 갖는 일 아주 느린 일 몹시 더딘 사연

끝이 나지 않는 일이며 끝이 없는 일 빨간 눈 하얀 토끼의 하얀 마음 빨간 눈물처럼 맺힌 것이 떨어지고 그림자를 찾으려는 그림자 사람은

눈이 녹아가는 숲 숲속 작은 굴 빨간 눈 하얀 토끼의 앞발처럼 조용합니다 조용한 것이 떨고 있는 굴 속입니다 깊이 더 깊이

보세요 굴 속의 당신 보이지 않나요 굴의 한쪽이 무너지고 있어요 그림자는 없고 온통 깜깜합니다

이야기—밤의 운동장

그는 운동장 복판에 서서 시시각각 기울어지는 사방을 확인했다. 가로등은 여덟 개였고 그의 그림자는 그 수만큼 있었다.

밤의 운동장은 너무 크다. 그는 생각했다. 볼품없는 미래야. 그는 바람 빠진 공이라도 있지 않을까 두리번거렸지만 그런 것은 없어.

단호하게. 아무것도 보이지 않았다. 안도한 사이 그림자가 하나 사라졌다. 가로등은 일곱 개가 되었고 운동장 구석에선 작은 사건이 있었다.

늘 그렇듯 문제는 사랑 때문에 생긴다. 癡情의 결말. 운다고 해결될 리 없는데.

누군가는 울고 누군가는 멀리 본다. 집착은 하지 않는 편이 좋아. 작은 사건에 대해, 그가 알았더라면 그렇게 충고해주었을 텐데.

그러나 밤의 운동장은 너무 크다. 사건은 너무 작고. 사실은 점점 더 작아지고 있었다. 그러니 누구도 전모를 알 수 없는 것이다.

이야기―이야기

대수롭지 않은 책을 읽던 k는
문득 귀를 기울이기 시작했다.

예민해진 탓이야,
중얼거리고 k는 다시 책을
읽으려 했다. 그러나
한 글자도 나아갈 수 없었다.
좀 더 선명해졌다.

k는 책을 내려놓고 꼼꼼하게
책상 위 모든 물건에 귀를 대보았다.
멀어졌다 가까워졌다 했고.
무언가 있어 여기.

이야기에 익숙한 독자라면

알아차렸을지도 모르겠다.

책에서. 책으로부터.

누구라도 그랬을 것처럼 k는

그 사실을 믿을 수 없었다.

무언가 들어간 게 아닐까.

책장을 털어보고 냄새도 맡아보다가 마침내

글자 하나 없이 비어 있는 48쪽을 발견했다.

이상하네. 여기가 왜 비어 있을까.

k는 82쪽을 읽고 있었고 48쪽은

이미 읽고 지나왔으니 몰랐을 리 없다.

47쪽은 "나"라는 주어에서 끝이 났고

49쪽은 "했었다"라는 종결형 동사로 시작했고

나와 했었다의 사이

깊고 광활하고 아찔하며 아득한 사이
단파와 단파가 섞일 때와 같은
교묘하고 날렵한…….

k는 책을 덮었다. 창문을 열었고
찬 밤바람을 들이마셨다. 다시 창문을 닫고,
책을 펴보았다. 48쪽은 비어 있고
비어 있는 곳에서는 여전히.
다시 그 페이지에 바짝 귀를 대어보았다.

보다 분명해졌고 k는
어떤 의미도 해석해낼 수 없었다.
조금 더 시간이 지나서도 k는
집요하게 귀를 대고 있었는데,

어떤 대화처럼

들리기 시작했던 것이다.

누가 누구에게 말을 걸고

누가 누구에게 대답을 하는

의미는 알 수 없고 다만,

k는 어떤 풍경을 생각했다.

잊고 있었던 어느 봄날의 정겨움.

잔디로 덮인 언덕과 그곳을 오르내리며

뛰어놀던 어린 시절 같은 정겨움.

그것은 돌아오지 않아 슬프고

돌이킬 수 없어 아름답지.

기억에 무엇이 더 필요하겠어.

그러자 그 모든 상황이 이상하지 않고

이상한 일이다. k는 82쪽을 펼쳤고

거기 적혀 있는 대수롭지 않은 내용들을
따라 읽기 시작했다. 여전했으나
k는 참을 수 있었다. 무엇이든.

그 책은 어디 있어. 나는 k에게 물었다.
나도 들어보고 싶었지.
하지만 k는 잃어버렸어. 할 뿐이다.
나는 k가 얌치없는 사람인 걸 알고 있다
들어볼 기회 따윈 허락하지 않겠지.
하기야 내게는 그런 봄의 정겨움과
오르내릴 잔디로 뒤덮인 언덕 같은 건 없으니,

이야기—늙은 몸

계단을 따라 올라가는 아픈 균형을 본다. 그것은 앞으로 구부러졌다가 부러지지 않고 슬쩍 뒤를 밀어내면서 위로 위쪽으로 기울어지고 있었다. 아찔함은 그 앞이 퍽 가파른 기울기를 가졌다는 데에 있지 않다. 제일 높은 계단이 스무 걸음이나 위에 있어서도 아니다. 늙은 몸이 무게를 딛고 그에 거기에 닿을 것이라는 사실에 있다.

나는 제일 높은 계단 위까지 몸 밀어 올리는 시간을 세어보았다. 그 위에는 더없이 파란 창공이 펼쳐져 있었다. 여름의 일이다.

이야기—감기

　감기는 목덜미로 온다더라 까치가 집을 짓고 있
는 플라타너스 아래 낮 한 시 반쯤 옷깃을 세워주며
네가 말해주었는데 기억한다 우리는 횡단보도 앞에
서 파란불이 들어오기를 기다리고 있었다 겨울보다
느리고 봄만큼 짧게 영상의 기온인데 감기라니 너
는 걱정이 너무 많아 하지만 기분은 나쁘지 않았다
네가 말했지 사랑해 우리는 그런 사이가 아닌데도
미래는 오가는 것들을 잠시 세우고 죽은 듯 조용할
거였고 그럼 아무것도 움직이지 않을 거였고 때 아
닌 재채기 같은 마른가지 하나가 네 머리 위로 떨어
졌다 너 대신 내가 올려다본 공중에는 가늘게 쪼개
진 빛이 동그란 거처를 만들어 그늘을 품고 있었다
우리는 깔깔대며 웃었다 정말 그런 사이가 된 것처
럼 그렇게 기억하고 있다

이야기—꾀꼬리 인형

　자신이 열쇠를 삼켜버렸다는 사실을 잊었다 그는 문 앞에서 그러므로 기대한다 문이 열리면 보이는 것들 현관에 놓인 고요한 신발들이라든가 쌓여 있는 책들 너머 식어버린 식탁 그 위에 오래된 성물이 몇 개…… 그야말로 빼곡한 사정과 안락한 빈곤 그리고 그런 것을 따뜻한 질서라고 믿게 되는 착각에 다다라서야 그는 간절해진다 겨울밤 복도는 너무 춥다 그리고 어둡지 더듬대지 말자 당황하지 말자 녹슬지 말자 열쇠는, 그래 잃어버리는 것이 아니라 찾아내는 사물 그는 가방 깊숙한 안쪽을 뒤적이다가 뜻밖에 물건을 하나 꺼내게 된다 꾀꼬리 인형 그것은 누르면 우는 것이다 엉덩이로 울고 노란 몸 전체로 정답게 운다 삐익, 하고 바람이 빠지면서 그것이 울어서 그는 몹시 즐겁다 즐거워서 몇 번이고 꾀꼬리 인형을 눌러 울리는 것이다 꾀꼬리 인형의 울음이 더는 즐겁지 않을 때쯤 그는 기억해낼 것이다 어느 점심시간에 삼켜버린 열쇠는 동전보다 가볍고 비릿한 맛이었다 그리고 꾀꼬리 인형으로는 아무것도 열 수가 없겠지 겨울밤 복도의 추위 속에서 아무튼 어두위 그는 참으로 쓸쓸해지고 말았다

이야기─나의 오후

이제 나는 열두 개의 의자를 두 개씩 포개어 여섯 쌍을 만든다. 열두 개 혹은 여섯 쌍의 의자에는 아무도 앉을 수 없다.

포개어진 의자들을 이 층으로 옮긴다. 이 층에는 아무도 없는 이 층의 오후가 있다. 그 속으로 접혀 있던 의자를 펼쳐놓는다. 접힌 것과 펼친 것 사이에는 온통 의자뿐이며 그러나 열두 개의 의자에는 아무도 앉지 않는다.

아무도 없는 오후이기 때문이다. 아무도 앉지 않는 때와 아무도 없는 때 사이에는 느닷없이 환한 창밖이 있고 여전히 아무도 없는 오후. 나는 나를 제외하기 위하여 문을 잠근다.

아무도 없는 오후는 앉으려는 의지 없이 저물어 간다 끝나가고 있다. 어디쯤 끝인지도 모르는 채로.

이야기—한밤의 택시

한밤의 택시 안 동승자는 넷 그중 하나는 기사 기사는 상수常數 그러므로 남은 셋이 일행이다 목적지를 정한 사람은 조수석에 앉아 있다 어디로 어떻게 흘러가는지 모르게 창밖을 보고 있는 뒷좌석 두 사람은 말이 없다 한 사람은 왼쪽 차창에 다른 한 사람은 오른쪽 차창에 속해 있고 넷의 합은 쓸쓸이다 그렇게 그들은 일제히 같은 곳을 통과하고 있다 그것은 지난 세월과 닮았다 아무렇게나 보아도 근사해 보이니까 그중 하나가 택시를 세운다 해도 이해할 만하지 하지만 네 사람 중 누구도 그렇게 하지 않는다 그때쯤 기사는 라디오 볼륨을 높이게 된다 와자하게 쏟아지는 웃음이 있다 어디든 대신 웃어주는 사람이 있는 법이지 한밤의 택시 안에는 분명 넷인데 한 명쯤 더 타고 있는 것만 같은 그것도 쓸쓸 조수석에 앉은 사람은 목적지를 바꾸지 않는다 왼쪽 창문과 오른쪽 창문이 서로의 사정을 탐내지 않는 것처럼 그러기엔 조금 늦었다 당장은, 그것이 견디기 어려운 감정일지라도 그들은 일제히 같은 곳을 통과하고 있으며 각자 서로의 결말을 알고 있는 것이다 어디로 어떻게 흘러가더라도 결국에는 닿게 될 것이다 문을 열고 내린 셋은 한곳에 있지 않게 될 것이다 잠시 룸미러에는 미처 내리지 못한 한 명이 비쳐질 테지만 기사는 그런 일에 익숙할 것이며 한밤의 택시는 다시 출발할 것이다 그런 한밤 택시의 쓸쓸

이야기—믿음

우리는 버스를 타고 한밤을 가로질렀지 주식이 곤두박질쳤고 누가 누구를 흉보았고 아파트 단지가 새로 들어선 동네가 있고

그런 일들과 하등 상관없이 버스는 매끄럽게 달려가고 나는 울고 싶었어 너는 몰랐겠지만 나는 주주였고 나는 흉이었고 그 동네에 내가 살고 있었고

실은 아니야 그냥 그랬어 그냥 그랬다고 말하면 너는 믿지 않을 테니까 나는 울지 않았어 지금 생각하면 우스운 일이야 믿지 않을 것이기 때문에 울지 않는다니 믿을 수 없는 일이지

글쎄 믿음이라는 것은 무엇일까 주식의 그래프가 고개를 쳐드는 것 흄이 때론 장점이 된다는 것 아파트 값이 오르지 않을 것이라는 것 그래 그런 것이면 좋겠다 그렇다면

누군가는 허리띠를 풀거나 누군가는 잠들지 못

하거나 누군가는 울적하게 이삿짐을 싸지 않아도 될 테니까 하지만 그런 일이 없는 도시의 도로는 잘도 포장되어 있구나 잊을 만하면 나타나는 정류장도 충분히 아름다워

우리는 드문드문 말을 잊고 허술하게 포장된 선물을 뜯어보는 사람들 속에는 무엇이 들어 있을까 바로 그거야 내가 울고 싶었던 까닭 아무것도 모르고 있구나 우리는

그래서 손해를 보고 이유 없이 욕을 먹고 편히 잠들 곳을 찾아서 헤매고 있는 것이지 어지러워서 나는 창문을 열었고 눈을 감았어

이곳은 버스가 아니고 너는 내 곁에 없고 우리는 우리가 아니고 주식도 흉도 아파트 단지도 사라져버리고 나는 울고 싶은 적이 없었고

믿을 수 있겠니 네가 믿지 않는다고 해도 상관없

어 하지만 나는 다음 정거장에서 내려야 해 벨을 눌
러주지 않을래

이야기—늦여름 아니면 초가을

    늦여름 아니면 초가을 기억은 믿을 수 없다 아버지는 모로 누워 계셨다 한들거리는 거미줄 거미는 보이지 않았다 거미는, 숨어 있단다 거미줄을 건드려보렴 하지만 나는 무섭다 마루가 삐걱거리는 소리 수십 년째 말라가면서 아버지는 돌아누웠다 그럴 때의 냄새 그럴 때의 온기 거미줄을 건드리지 않은 것처럼 아버지의 등에도 손을 댈 수가 없었다 그러니 거미도 아버지도 움직이지 않았다 비어 있을 거라는 가정은 어째서 하지 않았던 것일까 보이지 않으면 숨어 있는 것일까 엉금엉금 기어 문 쪽으로 달아나는 그림자 문 아래 틈으로 밀어 넣었다가 거두는 빛의 손 잡아야지 도망칠 수 없도록 늦여름 아니면 초가을의 기억은 믿을 수가 없어 나는 아직도 무섭고

이야기—대가

겨울밤은 찾아온다 그렇게 네가
속눈썹을 만질 때 그러면서
흰 꽃을 떠올릴 때 그것이
시리다 생각할 때 겨울밤은
찾아와서 몸을 덮는다 차라리
잊는 게 더 낫겠어 생각할 만큼
가혹하다 겨울밤은
용서하지 않는다 잘못이 없어도
잘못이 있어도 용서하지 않는다
그러니 너는 포기하지 말 것
그대로 속눈썹을 사랑할 것
줄기째 가득한 흰 꽃들을 상상할 것
네가 할 수 있는 일은 그것뿐이며
겨울밤은 찾아온다 그래도 네게
네가 만지는 속눈썹으로 너의

손가락 끝 가까이로도 혹시 네가

눈을 찌를지도 모른다는 공포

근처로도 오고 흰 꽃 가득한 상상까지

남김없이 오는 것이다 뒤덮는 것이다

눈보라 가득한 들판이나 얼어붙은

골목을 상상한다면 좋다 그것이다

빙판 위로 나뒹구는 가여운 육체나

그리하여 드러난 딱딱한 처지를

상상한다면 맞아 결국 그것이다

오로지 깜깜하기만 한 겨울밤

누구의 것도 아닌 혹독한 겨울밤

겨울밤은 그렇게 찾아온다 네가

만진 속눈썹에 하얀 얼음이 배고

못 견디게 시려 견딜 수 없도록

하얗게 질린 꿈을 꾸게 그렇게

겨울밤은 찾아온다

얼어 죽은 흰 꽃들이 떨어지고

무더기무더기 떨어져 깨져버리고

이야기—그것은 처음부터 거기에 있었다

그래서 가만히 보고 있었는데 그것이 굴러떨어졌다 그는 놀라 깬 사람처럼 소스라치며 잡아보려 했지만 너무 늦었다 그것은 깨졌고 온전히 박살 나버려서 원래 그것이 무엇이었는지 알아볼 수가 없었다 그의 잘못이 아니었다 그는 다급히 주위를 둘러보았다 도와줄 사람은 없었다 소리를 내어 도움을 청하려다가 그만두고 그는 생각했다 '그러니까 지켜보는 사람도 없었다는 거로군' 입장이란 얼마나 편한 것인가 돌아서기만 해도 반대편에 있을 수 있으니 '이것은 나의 잘못이 아니야' 그는 마음이 한결 가벼워지는 것을 느끼며 구둣발로 그것의 파편들을 구석으로 밀어 넣었다 '그렇다면 이제 그것은 없는 것이다' 그는 다시 생각했다 그리고 자신의 생각이 철학의 명제처럼 근사하게 느껴져서 살짝 들뜨기까지 했다. '어쩌면 그것은 처음부터 있는 것이 아니었다' 이런 생각은 어떤가 그는 구두에 묻은 것들을 발을 굴러 털어내면서 방금 일어난 일에 마침표를 찍어버렸다 그가 자리를 떠난 후에도 그의 생각은 자리를 떠날 줄 몰랐다 지나가던 소년이 그의 생각을 발견한 것은 늦은 오후였다 소년은 그의 생각을 조심히 들어 올려 올려두었다 주위를 둘러보았으나 생각의 주인처럼 보이는 사람은 어디에도 없었다 지나가던 소년은 양손을 맞부딪혀 소리 내며 '보기 좋아' 하고 생각했다 지나가던 소년의 생각이 소년을 따라 마저 지나간 후에도 그의 생각은 거기에 올려져 있었다 아슬아슬하게 금방이라도 굴러떨어질 것처럼 굴러떨어져 박살 나버릴 것처럼 거기에 그것이

이야기─책에 파묻힌 사람

책에 파묻힌 사람은 꼭 끌어안고 있는, 어쩌다 그렇게 되어버린 책의 표지를 만져보았다 곱은 손가락 끝에 책의 제목이 만져졌고 한 글자 한 글자 따라 더듬었고 마지막 글자에서 갸웃거렸고 그러려고 했고 몸을 덮고 있던 책의 일부가 와르르 아래로 굴러떨어지는 소리 책에 파묻힌 사람은 숨을 멈추고 기다렸다

더는 무너지지 않았다 책에 파묻힌 사람은, 이제 천천히 생각해보는 거였다 가진 책 중에 이런 것이 있었던가 읽어본 적이 있던가 책에 파묻힌 사람은 책의 제목을 눈으로 확인해보고 싶었다 그럴 수 없었다 충분히 무거웠으므로 더 깊이 묻혔다가는 숨도 쉬지 못할 것이었으므로 책에 파묻힌 사람은 손끝이 더듬어낸 책의 제목과 의미를 이해해보려 애

쓰는 것이었다

　책의 제목은 이러했다 *아무도 괴롭히지 마시오*
대체 누구에게 하는 말인가 충고인가 경고인가 언
젠가 이런 말을 들은 것도 같다 그랬고 그래서 어떻
게 했더라 결정과 행동이 기억나지 않아서 한숨을
쉬고 싶었다 누가 나를 구하러 와주었으면 그럴 수
있다면 *아무도 괴롭히지 않을 텐데* 책에 파묻힌 사
람은 함께 책에 파묻혀버린 것이 분명한 신에게 약
속했다

　신은 아무 말도 없다 침묵 중에 눈부신 광채를
뿜내고 있을 뿐이다 지나버린 인과관계는 쓸모없는
것이고 사람은 후회하고 낙담할 뿐 이 사실을 잘 알
고 있는 책에 파묻힌 사람은 기다렸고 기다렸고 기

다렸으며 결국은 어쩔 수 없지 한숨을 쉬었고 한차
례 더 책의 일부가 와르르 아래로 굴러떨어지는 소
리 이제 정말 신도 어쩔 수 없게

이야기—반복이 아닌 반복 이전에 반복 없이 존재하는 반복의 기원 같은 것*

담벼락 위엔 검은 새가 한 마리 앉아 있다 그는 그것을 본다 그는 새에 대해 아는 것이 없다 담벼락 너머의 삶에 대해 아는 것이 없는 것처럼 그가 검은 새에 대해서 아무것도 알지 못하는 동안에도 검은 새는 날아가지 않는다 아침 볕이 검은 새 쪽으로 움직여 가고 있다 느리다 아주 천천히 오전이다 사실, 거기에는 그의 바닥이 있다 바닥이 있는데 그는 자신의 바닥에 대해서도 아는 것이 없다 그러므로 그는 인내한다 검은 새를 검은 새가 앉은 담과 그 너머를 그가 알지 못하는 바닥 쪽으로도 천천히 아주 천천히 다가오는 아침 볕을 이쯤에서 검은 새는 날아가야 한다 그는 빈 담벼락을 보게 되어야 한다 그러다 시선을 거두어야 한다 아침 볕은 천천히 아주 천천히 새가 앉았던 자리를 비추는 형태로 그의 바닥만 남는 오후가 되어야 한다 그런데도 검은 새는 꼼짝 하지 않으며 담벼락은 비어 있지 않으며 바닥에서 검은 것이 기어 나오고 있다 그것은 사람처럼도 보이고 새처럼도 보이는데 천천하다 너무 천천히 오전이다 담벼락 위엔 지치지 않고 검은 새가 한 마리 앉아 있다 그는 그것을 본다

* 이광래, 『미술 철학사 3』, 미메시스, 2016, 306쪽.

긴 사이—이야기

등뼈의 묘사를 만지며 홀린 감탄은 포말 같고 그러니 섬세하고 까만 고래 조각은 고래의 모든 것을 끌고 이리 닿는 것이다 너는 고래가 보고 싶다고 그런데 눈이 없더라 네가 여기 하고 짚어준 자리에는 더듬대야 만져지는 흔적만 있다 원래 고래는 눈이 좋지 않고 귀로 본다는 거야 내가 만진 건 눈이 아니고 네가 말한 귀가 아니려나 잠시 넓고 깊고 깜깜하게 펼쳐지는 한 생의 장엄한 형식을 상상한다 문득 이 고래는 너무 작네 너무 작아 가엾네 불쌍하게 되었네 하지만 이건 고래가 아니야 고래를 닮은 고래지 했을 때에 그런 말은 사는 게 사는 게 아니라는 말 같아 서로 웃기도 했다 그즈음 창문 너머로 밤이 시작되었다 글쎄 내부의 불빛이란 무엇이든 컴컴하게 만들지 잠깐 너와 나는 서로를 삼킨 것처럼 입을 다물었는데 그때의 긴 사이 여기와

거기 나와 너 그 너머의 무엇 아뜩한 그것이 들리니
무엇이 만져진 것일까 다만 고래 너 지금 웃는 거지
무엇이 그리 재미있다는 거야 여전히 고래가 보고
싶다던 네 遭難 같은 표정만큼은 기억한다

이야기—우리는 그저 이런저런 이야기에 휩쓸려 다닐 뿐이지요.*

늦은 방문객은 자리에서 꼼짝도 않는다. 그림자처럼 이마를 감싸고 커피는 식어가고 나는 어쩔 줄 모르고 이래서야 이야기는 성립되지 않는다.

무슨 일이 있었던 거죠. 나는 늦은 방문객의 어두운 외투 주머니 속으로 손을 넣어보고 싶다. 그 속은 따뜻하겠지. 그 속에는 지폐 몇 장과 갓 지나간 겨울의 추억담들이 셀 수 있을 만큼 남아 있겠지. 늦은 방문객이 긍정도 부정도 하지 않는 사이 돌아가는 소리가 들린다. 그것은 환풍기이거나 상심의 중심이거나 어쨌든, 반복은 가볍다. 반복은 지루하며 나는 이야기를 그만 듣고 싶다. 왜 그런 일이 있었느냐고 늦은 방문객의 멱살을 쥐고 흔들고 싶다. 무엇이든 튀어나올 때까지. 그것을 던져 커다란 창문을 박살 내고 싶다. 뚫린 창문으로 바람이

들겠지. 그리고 바람이란 얼마나 추운 것인가. 늦은 방문객은 턱없이 가엾다. 내게선 눈물이 나오려 한다. 이만하면 이야기는 마무리가 된 것이 아니겠는가 늦은 방문객. 그가 오른손을 든다.

너무 늦어버렸다. 모든 것은 깜깜해졌다. 돌아가는 소리는 들리지 않는다. 그런데도 이야기는 끝이 나질 않는다. 나는 알고 있었다. 사과는 소용이 없었다. 늦은 방문객이 도착하기 전부터 지금에 이르기까지.

* 에우리피데스, 「힙폴뤼토스」(『메데이아』, 강대진 옮김, 민음사, 2022) 중 유모가 파이드라에게 충고한다.

이야기—겨울 숲의 이야기들

겨울 숲 이야기들은 장작불가에 모여 앙상한 어깨를 맞대고 작년의 일을 회상하고 있다 거뭇거뭇한 얼굴들 참으로 쓸쓸하고 멀리 산짐승들의 울음소리

누가 칼을 꺼내어 장작 중 하나의 껍질을 벗긴다 바닥에 떨어진 이름 그중 하나를 주워 불 속으로 던지면 불티가 날린다 그을음 타닥타닥 타오를 때 몇몇은 길게 하품을 한다 그러나 아무도 잠자리로 가려 하지 않는다

칼은 칼집으로 돌아가고 남은 것은 겨울 숲 이야기들 맨몸의 장작들 바닥에 흩어진 이름들 밤은 자꾸 어두워져가고 기침을 참으려고 마른침을 삼키는 소리 뜨거워지는 이마를 짚는 손길

다들 귀를 기울이고 있구나 누구든 한마디 해보렴 작년은 지나갔고 올해도 얼마 남지 않았으니 곧 새해가 찾아올 테고 우리에게는 아직도 회상할 많은 일이 남아 있으며 그보다 더 많은 밤이 찾아올 테니

그러나 장작불은 그치지 않고 어른대는 여럿의 그림자 누가 말라버린 맨몸의 장작을 불 속으로 던져버린다 너무 슬픈 일이다 너무 슬픈 일이었다

이야기—만단정회萬端情懷

    꿈속 사람은 실을 풀었다. 그것이 시름인지 감탄인지 알 수 없어서 감고 감고 또 감고 있었다. 차마 지켜보지 못하고 가위를 건네는 이가 있었다. 툭, 끊어지는 것은 잘린 것이 아니었고 꿈에서도 마음이 깊었다. 돌아눕는다. 창 너머엔 달이 있을 거였다.

이야기—해제

이야기 연작은 이천이십이 년 이월에 시작되었다.

의식意識은 인식認識을 재정립한다. 안팎으로. 안 팎에서. 그리고 이야기뿐이다.

옛날하고도 아주 먼 옛날에 시작되어 오래오래 이어져가는 이야기는 이야기 아닌 그 어떤 것도 아 니라는 점에서 대단하다.

만화경 속 이미지와 같이 이야기는 반복하여 나 타나고.

결국은…… 모두 이어져 있다는 생각만 든다. 끝 을 자주 의식했다. 바닥난 것은 내 인내심이었다. 이야기는 허방이다. 그저 거기 있을 뿐.

주지하다시피 이야기의 주어는 이야기의 주인이
아니다.

이를테면: 나. 할머니. 토끼. 모자. 벽돌. 피를로.
비와 빗소리를 비롯한 그늘 가득한 날씨. 당신. 굴
과 얼굴. 나무. 나뭇가지. 책상. 동전. 딱따구리. 히
치. 붐. 대니얼과 주인. 고슴도치. k. 짐꾼. 까치 떼.
둥지. 꾀꼬리 인형. 열두 개 넘는 의자들. 택시 기
사. 우리. 아버지. 거미. 굴러떨어져 박살이 나버린
생각. 검은 새. 고래 조각. 방문객.

그리고. 계절은 모든 이야기의 배경이라고 가정
한다. 쏟아지고 머무르고 떠나지 않는 안쪽. 숲이
있다. 이야기 속에서 우리는 안팎으로 아름답고 울

창하다.

이중 몇 편은 전작들로부터 소급되어 이야기가 되었다. 변주가 아닌 소급이라는 데에서 의미를 찾아본다. 사실 모든 것은 이야기에게로 불려온다.

'겨울밤 토끼 걱정'이란 제목은 농담에서 비롯되었다. 농담을 들은 시인들은 박수를 쳐주었다. 실은 허락이 필요했던 것이다. 모든 농담이 그러하듯.

PIN

048

이야기, 나의 반려伴侶

유희경

에세이

이야기, 나의 반려伴侶

그 기억 속에서 나는 울먹이고 있다. 방은 깜깜하고 이불은 포근하고 그러나 잠들지 못하고 그런 아홉 시 혹은 열 시. 그쯤에는 잠들었어야 하니까. 이제 자자. 그래도 울음이 아직 남아 있다. 혼이 난 모양이다. 숙제를 안 했거나, 시험 점수가 엉망이었거나, 그랬겠지. 자책과 설움이 엉망으로 뒤엉켜 뒤척인다. 훌쩍인다. 문이 열린다. 엄마보다 먼저 엄마의 냄새가 들어온다. 숨을 죽인다. 더 혼나는 것일까. 더 들킬 것이 남아 있었나. 엄마는 책상 의자에 앉는다. 커다란 책을 쥐고 그것을 펼친다. 아무 페이지나 읽기 시작한다. 나는 숨죽이고 낭독을 듣는 것이다. 성경 이야기. 어린이들을 위한 예수 그리스도의 기적담. 항아리 속 포도주의 양이 늘어난다. 결혼식장에 있는 모두가 마시고도 남을 만큼. 엄마의 목소리는 여전히 딱딱하지만, 그래도 화를 냈을 때만큼은 아니다. 나는 이야기 속으로 끌려 들어간다. 조금 더 조금 더 듣다가 그만 까무룩 잠들려는데, 누가 이마를 짚어준 것 같다. 따뜻해. 그러곤 끊긴 기억.

내게는 지금껏 누구에게도 말하지 않은 괴벽이 하나 있다. 잠들기 직전, 침대 속에서의 궁리다. 중얼중얼, 우선 인물을 만든다. 그는 나이기도 하고 내가 아니기도 하다. 나 혹은 그에겐 대단한 능력이 있다. 어느 날은 천재이고 또 어느 날엔 위대한 투수다. 때론 검객이 되어 칼을 휘두르고 때론 왕좌에 앉기도 한다. 중얼중얼, 모험이 시작된다. 세상에 없던 발견을 해낸다. 3구 3진만으로 9이닝 게임을

끝낸다. 악령들과 싸우고, 이웃 나라의 시비로부터 나라를 구해낸다. 이야기는 몇 날 며칠 이어지기도 하고 더러는 하룻밤 만에 끝이 나기도 한다. 하여간 무언가 거대한 일들이 밤마다 베개 위에서 일어난다. 숨죽여 키득거리기도 하고 두 주먹을 불끈 쥐기도 하는 상상을 나는 좀처럼 그치지 못한다. 아마 오늘 밤도 나는 중얼중얼 어떤 이야기를 지어낼 것이다. 전날 밤 이야기가 끝이 났던가 더듬어보면서. 지난밤에 나는, 연승을 이어가고 있는 축구팀 감독이었어.

낮에는 미몽과 같은 상태에 빠지기도 한다. 그럴 때 찾아오는 것은 기억이다. 그 기억은 내 것이 아닐 때도 있다. 오늘은 어머니 생각을 했다. 어머니 생각은 가족 앨범에서 보았던 긴 생머리 아가씨의 모습이다. '나는 어머니를 닮아 머리숱이 많지.' 보지 못했던 일을 마치 본 것처럼, 생생하기만 하다. 이를테면 이런 이야기. 외삼촌과 어머니가 아직 총각이고 처녀이던 시절. 두 사람은 아등바등 돈을 모

았다. 지긋지긋한 가난으로부터 자유로워지고 싶었
다. 마침내 그럴듯한 전셋집을 구했다. 보잘것없는
세간살이를 챙겨 차곡차곡 리어카에 싣던 이삿날.
낯선 사내가 그들을 찾아왔다. 그는 자신을 카메라
가게 주인이라고 소개했다. 너희 아버지가 외상으
로 카메라를 사갔단다. 이제 그 값을 내주렴. 엄마
와 외삼촌은 새집에 치러야 할 잔금으로 빚을 갚았
다. 서둘러 다른 셋방을 찾아 동분서주했고 더 작은
방으로 이사하게 되었다. 그런 이야기.

　외조부의 카메라에 대해서라면, 꽤 구체적인 이
야기가 하나 있다. 그것은 롤라이플렉스. 언젠가 시
에 쓴 적이 있다. 화이트 페이스에 3.5 테사TESSER
렌즈를 가진 제법 희귀한 카메라였다. 대학 시절 내
가 속해 있었던 카메라 동호회에는 돈이 아주 많은
재즈 피아니스트가 있었는데, 그가 탐을 냈지. 외
조부의 카메라는 내 것이 되었다. 어느 날 내게 그
카메라를 건네주었다. 카메라는 검은 천 가방에 담
겨 있었는데, 가방 겉면에는 닳아버린 하얀 손글씨

로 한국사진가협회, 라고 쓰여 있었다. 귀한 거다. 받으면서 나는 그것이 외상으로 산 카메라일까 궁금했다. 물어보진 않았지. 물어봤어도 대답해주지 않았을 것이다. 나중에야 알게 된 것이지만, 외조부가 그것을 내게 물려준 배경에는 어머니가 있었다. 어머니가 산 것이다. 큰돈을 주고, 아마도 그 카메라보다 더 비싼 값을 건네고. 일종의 말소. 고생스러웠던 자신의 젊은 시절에의 화답. 나는 그 카메라를 들고 창경궁에 갔다. 필름 한 롤을 다 찍었다. 커다란 파인더를 통해 보이는 풍경의 좌우가 바뀌어 보이는 바람에 멀미를 했었지.

어릴 적 외조부 댁에 몇 번 간 적이 있다. 어머니와 외조부는 왕래가 잦은 편이 아니었다. 그럴 법도 하지. 하여간, 그의 집에는 별다른 게 없었다. 하나 분명하게 기억나는 것이 있다. 거북선 모양의 저금통. 내가 가지고 놀 수 있는 장난감 비슷한 것은 그것뿐이었다. 어머니와 외조부가 대화를 나누는 동안 나는 그것을 가지고 놀았다. 중얼중얼. 거북선을

밀고 당기면서. 바닥은 바다가 되고, 걸리적거리는 것은 모두 왜군이었다. 중얼중얼. 아버지는 나의 중얼거림을 별로 좋아하지 않았다. 사내 녀석이 왜 저렇담. 크게 말해. 분명하고 똑똑하게. 하지만 무엇을. 내 머릿속의 장면을? 그 장면 속의 인물들을? 그것은 채 언어가 되기 전의 이야기였다. 언어가 되고 나면 사라져버릴 이야기였다. 아버지가 다그칠 때마다 나는 울음을 터뜨리곤 했다. 그러면 아버지는, 찔찔이. 아휴 저 찔찔이. 하고 싫어했지. 외조부의 빈소에서, 가족들과 둘러앉았을 때 나는 어머니에게 거북선 저금통 이야기를 해주었다. 어머니는 기억하지 못했다.

찔찔이. 그것은 사실 아버지가 군대에서 얻은 별명이다. 아버지는 몇 살에 입대했을까. 스무 살 무렵이었을까. 33개월의 기간 중 상병으로 복무하던 무렵이었을 것이다. 휴가를 앞두고 있었다. 어떤 이유에서인지, 휴가가 누락되었다. 후임에게 휴가를 양보해야 했다고, 그렇게 들었던 것으로 기억한다.

이 이야기를 나는 누구에게 들었을까. 당신이 직접 해준 것은 아니다. 그러니까 엿들은 것이다. 누군가와 웃으면서 한 이야기. 옆으로 옆으로 자란 이야기가지. 그런 이야기가 그늘을 떨어뜨려, 내 이마에 닿았구나. 그 이야기 속 아버지는 소대장을 찾아가서, 찾아가서 항변을 하려고 했는데, 터져 나온 것은 울음이었다. 휴가를 가고 싶습니다. 그러면서 울었다, 고 했다. 그래서 휴가를 갔는지 못 갔는지 알수 없다. 하여간 그 이후 그는 찔찔이라고 불렸다. 그때 아버지가 내내 기다리며 중얼거렸을 상상 속휴가에는 어떤 장면이 있었던 것일까.

얼음 구워 먹을 녀석. 이것 역시 아버지의 별명이랬다. 아버지가 자란 충북 음성군 감나무골은 아주아주 먼 곳이었다. 서울 우리 집에서 아버지의 갈색자동차를 타고 아주 한참 간 다음 도착한 읍내에서도 또 한참을 덜컹거리며 달려가야 닿을 수 있는 곳이었다. 나는 멀미를 달고 사는 아이였고, 그랬으므로 시골에 간다 하면 몸서리부터 치곤 했다. 그래도 가자, 하면 갔다. 마지못해 따라갔다. 어렸을 적부터 아버지에게 인정받고 싶었다. 듬직한 아들은 그때부터 지금까지 내가 가지고 있는 소망이며 한 번도 이루어내지 못한 꿈. 한번은 감나무골 허름한 집들 중 한 곳을 방문했다. 그 집에는 노인이 살고 있었다. 그는 마른나무처럼 보였다. 마치 방바닥에서 자라난 것처럼 앉아 있었고, 아버지를 따라 큰절을 올렸다. 아버지의 별명을 지어준 분이란다. 얼음 구워 먹을 녀석. 그게 무슨 뜻이에요. 잔꾀가 많은 아이라는 뜻이지. 그게 멋져 보였던 모양이다. 나는 그 별명을 딱 한 번 들었는데, 여태 기억하고 있다.

아버지의 자호는 시곡이었다. 그 호칭을 무척 좋아해서 어딜 가나 자신의 호를 자랑하곤 했지만 바둑 친구 중 한 명만 아버지를 시곡 선생이라 불렀다. 시곡은 감 시柿 계곡 곡谷을 붙여 만든 조어였다. 그러니까 자신의 고향을 뜻하는 거였다. 감나무골에는 아버지가 자란 집이 있었고 그 집은 야트막한 산자락에 위치해 있었다. 산을 따라 올라가면 증

조부와 조부, 둘째 큰아버지의 산소가 둥그렜다. 나는 그 산에서 으름을 맛보았다. 샘물을 발견했다. 황조롱이와 파랑새를 만났다. 보지 못했지만 멧돼지도 있다 들었다. 아버지가 돌아가신 뒤에야 알게 된 이야기인데, 아버지는 사업을 하다 어려움이 닥치면 혼자 그 산에 오르곤 했다고 한다. 혼자 한참 앉아 있다가 저물녘이 되면 내려왔다는 것이다. 나는 가끔 그 모습도 상상한다. 거기 앉아서 중얼중얼 뜻 모를 속을 내비쳐보였을 젊은 아버지. 각오였을까. 체념이었을까. 실은 나도 그런 이유로, 아버지의 산소에 가본 적이 있지.

그러나 어머니, 아버지의 모습은 매번 낮에 만난다. 밤은 오직 나만의 이야기 시간. 누가 커다란 책을 펼쳐 아주아주 먼 옛날의 이야기를 읽어주는 것마냥 세상에 없고 오직 이야기로만 존재하는 그런 이야기를 상상한다. 그때 나는 문학도 생각하지 않고 내 사업에 대한 생각도 하지 않는다. 밤에 나는 오직 나, 벌거벗은 나, 누가 안다면 유치하기 짝이 없다고 놀려댈 나에게만 집중한다. 거기에는 어떠한 감정도 없다. 그러니 실패를 위한 틈도 없다. 삶도 죽음도 없다. 잠시 있다 완전히 사라져버리는 시공간이다. 그러므로 완벽한 이야기이다. 혼자만의 비밀. 그래 비밀. 내가 아는 비밀은 이것뿐이다. 그 이상의 이야기를 나는 알지 못한다.

　가끔 시에 대해 생각할 때면, 나는 내가 나의 이야기를 소진해가고 있다 싶다. 그럴 때는 절박해진다. 그러다 마침내 아무것도 남지 않으면 어떡하나. 실제로, 나는 백지를 대할 때마다 겁에 질린다. '더는 이야기가 남아 있지 않아.' 그 공포를 중얼거린다. 나에게 첫 문장은 언제나 쥐어짜낸 어떤 것이다. 이럴 수 있나 싶게 힘을 줘서 짜낸 그것은 이야기에서 짜낸 이야기가 아닌 어떤 것이다. 형체는 간곳 없고 흥건해지기만 하는 어떤 것. 더러는 앙상한 것이기도 하다. 남은 것이 하나도 없는 뿌리째 뽑혀버린 죽은 나무에의 비유. 그러나 이야기는 마르지 않는다. 앞의 이야기가 뒤의 이야기를, 뒤의 이야기가 그다음의 이야기를 끌어올린다. 마침내 아무것도 남지 않을 때 나는 죽음에 이를 것이다. 죽음은 남아 있는 이야기가 없다는 뜻이다.

한편 나는 마지막 이야기를 상상하는 사람이다. 친구가 물었다. 너는 왜 흑백사진만 찍니. 요즘 내가 사용하는 디지털카메라는 오직 흑백만 찍히는 괴상한 물건이다. 나는 흑과 백의 묘사가 이야기의 마지막 모양이라고 생각한다. 물론 그렇게 대답하지 않았다. 대신 몇 번 컬러사진을 찍어보려고 했다. 그것은 현재적이었고 너무 시시했다. 부끄럽지만, 당장의 이야기는 어쩐지 시시하다. 맨 처음이거나 맨 마지막. 이야기의 본령은 그런 것이 아닐까. 한낮의 미몽도 한밤의 상상도 나의 처음, 나의 마지막 이야기. 그러므로 나의 시 쓰기는 언제나 바깥을 맴돈다. 태어난 적 없는 유령이며, 그러니 한恨이나 슬픔 같은 기억의 산물을 가지지 못한 채로. 더없는 허깨비의 형식으로. 안으로 들어가면 그것은 밖이며 바깥에 머물수록 수없이 많은 내부가 되어주는 세계에서는 그럴 수밖에 없다. 존재만으로 말썽이며 소란이다. 동시에 침묵이며, 침묵에 의해 지켜지는 비밀이다.

내가 담지 못한, 그럴 수 없었던 흑백의 이미지가 하나 있다. 그 이미지는 남편과 그의 어머니와 그의 아내와 관련된 것이다. 아내는 갓 출산을 치른 자신의 고된 몸을 재조립하고 있다. 그의 곁에는 말간 아기가 누워 있다. 그런 채 남편을 기다리고 있고. 남편은 자신의 어머니를 업고 덩실덩실 춤을 추며, 병원 복도의 이쪽에서 저쪽으로 다시 저쪽에서 이쪽으로 경중경중 뛸 듯이 오가고 있다. 어머니. 어머니가 나를 낳아서 내게 이렇게 좋은 일이 있어요. 그는 거의 울고 있다. 찔찔이답게. 그것은 한 이야기의 첫날이고 어떤 이야기의 종점이다. 당장은 지금, 지금의 일이지만. 아내는 자신이 한가득한 이야기를 낳았다는 사실을 직감한다. 아기의 몸을 한 이야기의 뺨을 만져보고 싶지만, 그것이 무너질까 두렵고. 남편은 이야기의 미래를 상상해보며 즐겁다.

그때 잠들어버린, 이야기, 이야기이면서 아기인 존재는 어떤 꿈을 꾸고 있을까. 나는 모른다. 어째서 나는 그 장면을 놓쳤는가. 놓치고 상상만 하고 있는가. 누가 나에게 이런 이야기를 해주었는가. 나는 이 이야기를 더 상세하게 알지 못하는가. 슬프고 아쉽다. 그럴 수밖에 없는 이야기.

겨울밤 토끼 걱정

지은이 유희경
펴낸이 김영정

초판 1쇄 펴낸날 2023년 9월 25일
초판 4쇄 펴낸날 2024년 12월 31일

펴낸곳 (주)현대문학
등록번호 제1-452호
주소 06532 서울시 서초구 신반포로 321(잠원동, 미래엔)
전화 02-2017-0280
팩스 02-516-5433
홈페이지 www.hdmh.co.kr

ISBN 979-11-6790-219-1 04810
ISBN 979-11-6790-138-5 (세트)

* 책값은 뒤표지에 있습니다.
* 이 책은 서울특별시, 서울문화재단 '2021년 창작집 발간 지원사업'의
  지원을 받아 발간되었습니다.